LETTRE

A

M. SALAUN.

LETTRE

A

M. SALAUN.

La critique eſt aiſée, & l'art eſt difficile.
DESTOUCHES, *Coméd. du Glorieux.*

A LAUSANNE;

Et ſe trouve A PARIS,

Chez VALADE, Libraire, rue Saint-Jacques,
vis-à-vis celle des Mathurins.

1774.

LETTRE

A

M. SALAUN.

Otium impendere vero.

JE viens de lire, MONSIEUR, le joli petit Pamphlet (1), dans lequel vous vous *extafiez* (2) délicieufement, tant à complimenter votre illuftre Coryphée (3) qu'à *déchirer* avec un acharnement ridicule & une prévention décidée, les membres les plus refpectables & fapper les colonnes les plus fermes de la Littérature; le tout pour l'édification des Lecteurs & la propagation du goût (4). Le ciel béniffe votre entreprife! elle eft louable; & je n'aurais que des actions de graces à vous rendre de m'avoir mis au nombre des célèbres victimes (5) que vous avez cru devoir immoler au foutien de la bonne caufe, fi vous vous fuffiez contenté d'attaquer mes vers. Eh! pourquoi donc ne l'avez-vous pas fait? Cela vous était fi facile! la matière était fi riche! Convenez-en de bonne-foi; vous avez eu grand tort; &, ce qu'il y a de plus fâcheux pour vous, je ne ferai pas feul de mon avis.

A 3

J'ai tout lieu de croire, Monsieur, d'après ce que vous avez écrit, que vous n'avez jamais lu mes pitoyables Opuscules ; autrement auriez-vous pu dire, sans déraisonner, que

Charmé de mon esprit, & plus content qu'un Roi,
Je composais des vers, sans savoir trop pourquoi (6).

Auriez-vous osé avancer que *je me croyais un aigle*, *depuis que le Mercure était devenu la sauve-garde de mes Poësies*. Si cependant vous avez eu la patience de les lire, (vous le deviez au moins pour acquérir le droit d'en parler) ne suis-je pas fondé à vous demander où vous pouvez avoir trouvé que j'étais *charmé de mon esprit*, *que je me croyais un aigle*, &c. La question est claire ; qu'en pensez-vous, Monsieur ? Je crois que je m'explique. Il ne tiendra pas à vous que je ne passe dans l'esprit du Public, qui n'est pas obligé de me connaître, pour l'homme le plus impudent & le plus vain. Eh ! quel défaut encore avez-vous choisi pour m'en faire un ridicule ? Celui précisément qui est le plus opposé à mon caractère. Vous aviez, je le répète, tant de bonnes choses à dire, tant d'excellentes plaisanteries à faire sur mes pauvres Rimailles, pourquoi vous être égayé aux dépens de mes mœurs ? Que n'avez-vous dit, par exemple ?

Sans mérite, sans goût, transi sur l'Hélicon,
Willemain dans ses vers défigure Thompson (7).

Tout le monde aurait applaudi : j'aurais même été le premier à donner l'exemple : votre gloire alors eût été légitime, & vous pourriez vous reposer sur vos lauriers. Mais vous ne l'avez pas voulu ; vous avez sans doute eu vos raisons. J'espère néanmoins, Monsieur, qu'à l'avenir, vous observerez que l'Ecrivain est toujours indépendant de l'homme, & qu'en attaquant l'un, on doit respecter l'autre. J'espère aussi que dans la première édition de votre élégante Satyre, (elle est de nature (8 à en avoir plus d'une) vous voudrez bien substituer à mon article celui que j'ai eu l'honneur de vous indiquer, ou tel autre que vous jugerez à propos. Si mon exemple est suivi & que vous soyez docile, vous parviendrez peu-à-peu à mettre votre ouvrage à côté de celui de votre modèle (9), que vous n'avez malheureusement encore imité que dans son injustice.

Votre petite bévue à mon égard, Monsieur, m'en rappelle une de votre héros, qui dans la seconde édition de son beau Livre des *Trois-Siecles*, a eu la bonté d'ajouter à mon article, que *la médiocrité de mes Poësies n'avait pas empêché l'Auteur du Mercure d'en faire l'éloge* (10). Je serais bien charmé qu'il daignât m'apprendre dans quel endroit *l'Auteur du Mercure a fait l'éloge de mes vers*. Il est si doux de s'entendre louer, sur-tout quand on est *charmé de son esprit & qu'on se croit un aigle !* Que M. l'Abbé Sabatier me rendrait un grand service, en m'indiquant la source où il a puisé cette belle découverte ! Peut-être a-t-il pris pour un éloge tacite l'indulgence de M. de la Combe (11 . Je crois qu'à cet égard, il n'aurait pas encore raison. Au surplus, je suis plus fâché pour lui que pour moi de cette légère inconséquence, que

(8)

je n'ai pas cru néanmoins devoir laiffer fubfifter fans réplique (12).

Revenons à vous , Monfieur : il s'agit de vous convaincre de la futilité de votre affertion ; & , pour ce , je joins ici une petite Epître qui ne peut manquer de vous tirer d'erreur. Vous êtes trop *ami de la vérité* pour ne vous pas rendre à l'évidence. Vous direz peut-être que je l'ai arrangée tout exprès pour la circonftance ; mais je préviens votre objection & je me hâte de vous apprendre qu'elle eft faite depuis près de trois ans ; que depuis plus de deux , elle eft connue de quelques Gens de Lettres qui m'honorent de leur eftime & de leurs confeils , & qu'enfin elle a été imprimée l'année dernière , avec une autre Epître que j'adreffai alors à MM. S*******., C******. & Compagnie. Je n'y ai point fait la moindre correction , quoique j'en euffe beaucoup à y faire , & vous devinerez facilement pourquoi. Telle qu'elle eft , lifez-la , Monfieur ; lifez-la : ne dût-elle fervir qu'à vous faire expier (13) les injuftices , les inconféquences (14) & les mal-adreffes de votre Satyre , je ferai pleinement fatisfait. Lifez-la , dis-je , & vous y verrez que je ne fuis point *charmé de mon efprit* , que *je ne me crois point un aigle* , & qu'enfin, *fi je fais des vers , je fais pourquoi.*

On ne peut rien ajouter aux fentimens diftingués avec lefquels j'ai l'honneur d'être, Monsieur, votre très-humble & très-obéiffant ferviteur ,

W... D'AB***,

Paris , le 11 *Avril* 1774.

MA PROFESSION DE FOI,

EPITRE

A MES AMIS.

Je ne mets aucune politique dans la Littérature.

VOLT.

Je n'ai point la sotte manie
D'annoncer, la trompette en main,
Des prétentions au génie :
Je suis un bon diable d'humain
Qui rimaille par fantaisie.
Je sçais que j'ai peu de talent,
Que mes vers sont sans harmonie,
Et j'en conviens ouvertement :
Jouir est toute mon envie.
Si mon cœur amoureux gémit
Loin des charmes de ma maitresse,
Pour calmer la sombre tristesse
Où mon être absorbé languit,
Je cours aux rives du Permesse ;
Et, quand Apollon me sourit,
Aux pieds de l'objet que j'adore
Je revole plus tendre encore,
Et mon amour s'en applaudit.

Je voudrais vivre en la mémoire ;
Ce serait le vœu de mon cœur :
La gloire est douce ; mais la gloire
Coûte un peu trop cher au bonheur :

Plus de repos & moins d'honneur,
Je laisse à d'autres la victoire,
Et suis son humble serviteur.
Que j'entasse Tome sur Tome,
Que je me consume à grands frais,
Pour courir après un fantôme
Que je n'attrapperai jamais !
Non, je veux dans l'insouciance,
Si je puis, couler mes beaux jours :
Je suis né pour l'indépendance,
Je ne me rendrai qu'aux amours.
Si par hazard dans mon asyle
La gloire un jour portait ses pas,
Sans cesser de vivre tranquille,
Je pourrais lui tendre les bras :
J'accueillerais l'enchanteresse,
Ainsi qu'un convive amusant :
Elle n'obtiendrait cependant
Que la gauche de ma maitresse :
Si cela ne l'arrangeait pas,
Adieu, madame la Déesse ;
Jamais nous n'aurons de débats.

Je ne suis d'aucune cabale,
Je ne connais aucuns partis :
Je dis quelquefois mon avis ;
Mais dans une balance égale
Je pese tout, grands & petits.
Quand on m'apporte quelqu'ouvrage,
Avant d'en parler, je le lis :
Souvent je donne mon suffrage,
Et je ne sçais pas même à qui :
Fût-il enfin mon ennemi,
Le grand homme aura mon hommage.
Dans le fait, n'ai-je pas raison ?

Il faut fuivre fon caractère :
Sans redouter le grand F****.,
J'applaudis tout haut à Voltaire.
Ses ennemis, gens très-fameux,
A coup fûr m'en feront un crime (15) :
Quand on ne penfe pas comme eux,
Il faut bien être leur victime :
Un certain Monfieur S*******. (16),
Savant bourfouflé de mérite,
A daubé fur moi l'an dernier,
Comme fur un Auteur d'élite.
Il eut grand tort, en vérité ;
Que ne me laiffait-il bien vîte
Expirer dans l'obfcurité ?
Il a cru dans fa morgue vaine,
Excroquer l'immortalité ;
Il s'eft donné bien de la peine,
Et n'en eft pas plus avancé.
Mille & mille gens ont penfé
Qu'il n'avait pas la tête faine ;
Je n'en fçais rien, abfolument
Rien ; mais je ne fuis point fevère,
Et j'imaginai bonnement
Que ce perfonnage éloquent
Eût fait beaucoup plus fagement
De s'en tenir à fon bréviaire.

C'eft à vous, ô mes bons Amis,
Que j'adreffe mon bavardage :
Vous feuls en faites tout le prix,
Vous en devez avoir l'hommage.
Quand vous m'avez follicité
De publier ce radotage,
Je ne vous ai point réfifté.
J'ai toujours cru, fans fuffifance,

Que les petits vers décousus,
Echappés à mon indolence,
Ne méritaient pas d'un refus
L'orgueilleuse & vaine importance.
Je les ai faits pour m'amuser ;
Je les donne sans conséquence :
C'est au Public à prononcer.

W... D'AB***.

NOTES.

(1) CETTE Brochure exquife, toute faupoudrée d'un fel attique fi fin, fi fin qu'on ne le fent pas, eft intitulée : *Imitation de la neuvième Satyre de Boileau.* M. Salaun eft, dit-on, connu dans la république des Lettres par quelques Epigrammes dont il a eu la charité d'émouffer la pointe, de peur qu'elle ne blefsât, & par de petites Brochures un peu plus que fatyriques. Je n'en fais rien ; mais je n'ai pas de peine à le croire.

(2) Arouet *s'extafie à déchirer* Nonotte.

Vers de M. S*****.

(3) M. l'Abbé Sab.*** de C.***, Auteur des *Trois-Siecles.* Ce Livre fera pour nos neveux un monument précieux de l'extravagance & de la fottife des Zoïles du dix-huitième fiecle.

(4) » Dans un fiecle où tout devient problême, dit » M. Salaun ; où tout eft, pour mieux dire, décidé con- » tre les principes & la raifon ; où ceux qui défolent la » patrie, ofent fe vanter de la fervir ; où le délire pro- » nonce fans ceffe le nom de la vérité qu'il outrage ; où » les éloges font pour la baffeffe & l'intrigue, je ne vois » rien de plus digne d'une âme ferme & courageufe que » de s'oppofer au torrent, & de s'écrier avec Juvenal : » *Semper ego auditor tantùm* « ? Français, tombez aux genoux du libérateur de la patrie ; rendez hommage à fa rare valeur ; décernez-lui la couronne civique, & qu'une ftatue foit le prix de fes nobles travaux !

(5) MM. de Voltaire, d'Alembert, Thomas, de Saint-Lambert, Marmontel, Diderot, de la Harpe, &c &c. M. Salaun a eu la complaifance de me placer entre MM. de Voltaire & de la Harpe : je ne me trouverai jamais en

meilleure compagnie, & j'aurais bien tort de me plaindre de l'honneur qu'il m'a fait : auffi je ne m'en plains pas.

(6) Une légère tranfpofition de mots aurait rendu ce vers un peu plus coulant ; mais la négligence fied à la beauté.

(7) Poëte Anglais, qu'on peut nommer avec raifon, *le peintre des graces & le chantre de la nature*. Quel feu ! quelle verve ! quelle imagination ! J'ai le bonheur de fentir fon mérite & la témérité de vouloir faire paffer en ma langue quelques-unes des beautés qui le caractérifent. Je fens mieux que tout autre la difficulté de cette entreprife, & je n'en ai que plus d'ardeur. Ce n'eft, je le fais, qu'à force de confeils & de travail que je parviendrai peut-être finon à faire un bon ouvrage, du moins à mériter quelque peu d'indulgence. Je cherche avec avidité les avis des Critiques éclairés & judicieux qui veulent bien guider mon inexpérience, & je n'épargnerai ni mes foins ni mes peines pour les mettre à profit. Si, malgré cela, je ne réuffis point, je me confolerai en difant avec notre bon La Fontaine, fur les traces duquel j'ai quelquefois auffi effayé de me traîner * :

J'aurai du moins l'honneur de l'avoir entrepris.

(8) Eh ! pourquoi pas ? Les *Trois-Siecles* ont bien eu cet honneur. Il eft vrai qu'il en pourra peut-être coûter cher à quelqu'un ; mais qu'importe ? On ne faurait trop fe louer, foit dit en paffant, de l'honnêteté du défintéreffé M. Sabatier, qui non content d'avoir confidérablement augmenté fon Livre, s'eft bien donné de garde de publier un Supplément pour completter la première édition. Nos bons Littérateurs ne font pas, à beaucoup près, auffi honnêtes : comment les regarde-t-on ?

---

* L'Auteur de cette Lettre doit publier à la fin de l'année un Recueil de Fables.

(9) Boileau, le plus grand verſificateur dont la France puiſſe ſe glorifier : preſque tous ſes Ouvrages ſont des chef-d'œuvres. On en ſentirait encore mieux le prix, s'il n'avait pas quelquefois excédé les bornes de la ſatyre, & s'il eût montré moins de partialité & plus de juſtice à l'égard de Quinault & de Perrault qui marchent aujourd'hui ſes égaux.

(10) Je cite de mémoire ; mais je ne me trompe pas quant à la penſée.

(11) Si j'obtiens jamais quelques ſuccès, c'eſt à M. de la Combe que j'en ſerai en quelque ſorte redevable : il m'a mis à portée de recueillir des avis ; & des avis valent mieux que des louanges.

(12) La critique impartiale, honnête & déſintéreſſée, me flattera toujours davantage qu'un éloge, tel qu'il ſoit. Je ſuis jeune encore, j'ai très-peu de talent, & je ſuis plus ſujet à broncher que tout autre. Avec quel empreſſement ne dois-je pas rechercher le flambeau de la vérité ? Combien ne dois-je pas aimer ceux qui daignent me préſenter ſa lumière & me mettre à même d'élaguer mes fautes qui ne ſont que trop nombreuſes. La critique indécente & partiale ne m'inſpirera jamais que le ſentiment du mépris & de la pitié ; mais toutes les fois qu'on m'attaquera ſur des principes qui tiennent aux qualités de l'honnête homme ou de l'homme honnête, c'eſt alors que j'éleverai la voix pour me défendre ; & les moins indulgens ſeront forcés, tout en faiſant le procès à mes vers, de rendre juſtice à mon cœur.

(13) Une centaine de méchans vers à lire ſont une aſſez rude pénitence : qui le fait mieux que moi ? J'ai lu toute entière la Satyre de M. Salaun.

(14) Il faudrait avoir plus de tems à perdre que je n'en ai pour relever toutes les inepties dont fourmille la Brochure de M. Salaun. Je n'en citerai qu'une des mieux caractériſées, & ſur laquelle je ne me permettrai aucune

réflexion. Il n'y a point de Lecteur qui ne foit en état
d'apprécier de tels paradoxes. Les Lettres, dit M. Salaun,

Les Lettres font en proie à d'infolens pygmées.

Eh ! quels font ces pygmées ? *Voyez* la note 5, pag. 13.

(15) Je ne croyais point avoir fi bien deviné ; mais
j'aime mieux être le jouet ou la victime, que l'organe
ou le partifan de l'envie. Je me confolerai bien facilement
de l'oubli de mon fiecle, fût-il injufte ; mais je ferais au dé-
fefpoir de paffer à la poftérité à la fuite des Zoïles, des
Garaffes, des, &c. &c. &c.

(16) J'enchâffai l'année dernière, dans cette bagatelle
ce vers & les vingt fuivans : ils étaient analogues à la
circonftance, & me parurent naturellement y trouver
place.

P. S. On vient de m'apprendre qu'on trouvait dans les
Etrennes du Parnaffe , publiées cette année, le motif de
la fortie que le *hargneux* M. Salaun a faite contre le *har-*
gneux Editeur de l'Almanach des Mufes.

F I N.